KB196362

세쌍둥이 엄마의 겨울일기

김홍주 시집

세쌍둥이 엄마의 겨울일기

달아실기획시집
37

보조 용언과 합성 명사의 띄어쓰기 등 본문의 맞춤법은 시인의 의도에 따른 것임.

내가 뭐길래 내 속으로 들어왔을까.

사십 년 가까이 끼고 살아도 나는 알 수 없고
원고지는 늘 냉랭하다.

매일 살 맞대고
몇 번을 다시 바라봐도
늘 저만치 부융해 있다

읽고 쓰고 삭제하고
자판 앞에 탈탈 털려 벌거숭이로 섰을 때

비로소 빼끔 틈을 주었다
그 틈새로 문장 냄새가 흡입되고

한 줄의 무게가 억만금의 시간을 녹여야만
표현될 수 있는 절망임을.

아,
그물코에서 버둥거리는 즐거움.

2024년 11월
김홍주

차례

세쌍둥이 엄마의 겨울일기

2부

4부

5부

1부

기억이 되살아나는, 아침

동굴 속에서 맞이하는 하루 시작은
걸어온 시간과 앞으로 나아가야 할 시간의 문이다
주름 자욱한 땀의 몸짓은
잃어버린 젊은 날의 펄럭이던 깃발
그리고 핏빛 물든 도로 위의 기억 한 조각

그 밖의 세상일은 담 높은 잿빛으로
무서워서 두려워서 껍질 속에 나를 가두고
나무의 뿌리라도 볼 수 있을까
흔적 찾아 헤매던
방향 잃은 바퀴처럼
생명 그루터기 냄새 찾아 헤맬 때

플라스틱으로 이식한 두개골
어느 오월, 계엄군에 맞아 함몰된 그 흔적에서
물소리 바람 소리 들리고
이명이면 어떠하리 살아 있다는 그 슬픈 생명

칠흑 같은 밤

흙벽돌 쌓는 심정으로
그날, 그 시간, 그 동무, 그 함성
엄청난 크기의 그 울림이 동굴에 가득 찰 때
메아리 소리 짧아지는 슬프도록 아름다운 아침.

물고기 우는 소리

알알이 부서져 패어 가는 모래 언덕
조개는 내장 드러내고
물고기 부레 바람들어
둥둥 떠오르는 동해물과 백두산
플랑크톤도 떠오르고

그 바닷속, 아무것도 몰라 차라리 좋았던
바로 누우려고 헤엄쳐도
비스듬히 기울어지는 물고기 떼
영면하고 있다

마르고 닳도록 불러 봐도
서서히 녹아내려 조여 오는 종양 덩어리는
한반도 바닷가에 방류되고
간절하게 바라보던 굳어지는 눈동자

눈부시던 몸부림은 전설 되어
손상되는 생명의 근원
눈물조차 화석으로 멈춰 버린

물고기 우는 소리

시인의 오두막

도심 가운데 제일 높은 집
가파른 계단 휘어진
별 가장 가까운 집

구멍가게와 벽 맞닿고
마른미역 줄기 매단
햇살 머금은

오래도록 희미한 불 밝히는
문 창호지에 구멍 숭숭 뚫려
골목길 비치는 느린 빛

야금야금 처마에 붙어
낡은 타이어 눈 뜬
낮은 처마 집

늦은 밤,
남편 기다리다 잠든
늙은 시인의 집.

전부 바다에 내리자

눈발이 흩날리던 아침
친구 부고를 듣고

발인이 지나고 나흘이나 지난 아침
책상 위 말라 버린 선인장에 물 주려다 받은 전화

불과 보름 전에 만나
강릉항에서 물회를 먹고
만삭인 아내 이야기를 하며
낚싯배를 함께 탔던 친구

정어리 배 속에는 노란 알 빼곡하고
숫놈들 냉동실에 싱싱한데

친구가 배 위에서 거침없이 뱉은 말
'전부 바다에 내리자'

벽화 속 전설

녹슨 자전거 위에 흰 구름 걸려 있네
계단 위 빨간 우체통에 담긴 눈물

돌마다 마음 닮은 색깔 입혀
켜켜이 쌓아 만든 돌담

어린 왕자 나팔 소리 열린 창문으로 드나들고
야자수 낡은 그림에서 익어 가는 붉은 열매
눈 큰 개구리 미소 짓는 골목

허리 긴 오색 호랑이 수호신
석유가게 아저씨 배달로 바쁜
효자동 골목길

솟대는 낡아져도
노인들 젊은 날 그리움은
신축 아파트 굉음 그림자에
묻히고 있네

지금이라는 섬

신을 벗고
시간을 움켜
스쳐 지나가는 적들을

바라보는 일

두개골 함몰 추억

내 기억은 팔십년 오월에서 멈춤.
그 이전 기억은 다 잘려 나갔지

한남동 네거리 시위 현장에서 잡혀
어디로 갔는지
어떻게 맞았는지
어디에 버려졌는지

촉수 잘려 방향 잃었고
시야 단절되어 집을 찾지 못하고
시신경 막혀 들어도 듣지 못하고
보아도 보지 못하는
이명으로 누군가 자꾸 날 부르는

함몰된 내 두개골은
플라스틱으로 밀봉하고
아무 일도 없었던 듯

훗날, 20세기 유인원들은

DNA 변종 새 학설을 발표하고

'민주혁명 반향으로 구성된 새로운 인체의 변이현상'으로
박사학위를 받겠지

신문에 대서특필 되겠지

고도를 기다리며*

인생을 맨발로 걸으면
고도를 만날 수 있으리라는
절망

그의 주머니 시계는 멈추었을까
분침이 시침을 앞지를 때
침묵 흐르고

평생 같이 걸었어도
그가 누구인지
어디로 가는지

나를 보고 있는지
너를 보면 날 알 수 있는지

어디 있냐고 물으면
고도의 존재에 대한 기다림은
목적 없는 거리에서 길을 묻고

절망이 희망이 되는
고도를 기다리는
내 안의 나

* 사무엘 베케트의 작품 제목.

들소

붉은 깃털 휘날리며 뿔 세워
적을 향해 달려가는 모습

활화산처럼 타오르는
한남동 오월의 기억

내 두개골은 함몰되어
주검으로 차수구에 버려지고

전대가리는 죽었다

내 플라스틱 두개골은 아직도
그날 기억하고

나는 살아 있구나

허연 콧김을 뿜으며 달려가던
동지들은 어디에 있더냐

비문증

총알이 휙 지나간다
잊었던 사건이 갑자기 기억되듯
눈앞에서 금세 사라지고
머뭇거리는 잔상

거미줄에 묶인 듯 바둥거리는
날파리 떼에 쫓기듯
의미 없는 손짓으로 허우적이며
점점 가둬지는 내 영역

수정체와 망막 사이 공간에
세상 욕심으로 가득 차

봐도 바로 보지 못하고
삐딱하게 보는 사회 병리현상

정밀 검사받으면
공 나라 바로 보일까

고장난 시간

놈은 과거를 미래로 연결하는
우주의 고리이다
시작도 없고 끝도 없는 이놈은

처음과 끝이 한 덩어리에 엉켜
시침이 분침보다 빨리 회전해도
모든 사물과 동행하며 반짝이는
별빛이다

놈은 불평등의 원조이다
양과 질의 규칙을 송두리째 뭉개 버리고
말없이 바라보는

아무 말조차 건네지 않고 살아 있어
때로는 길이 조율하며
숨 가삐 걷는 자에게는 더디게
게으른 자에게는 순식간에 짓누르는 놈

슬피 우는 자에게 말없이 지나가며

바람 소리에는 천천히 걷는
달이 차고 기울 때마다
인간과 인간 사이 엮어 놓는
무질서의 질서이다

2부

그 여자의 안개

그녀가 나타나면 열리는
긴 골목 가득 찬 시선
아침마다 피어오르는 물안개

삐걱대며 닫히는 소리
내 부적응의 어긋남이다

자전거 페달 밟으며
낯선 문자들을 뭉개고
다양한 문양들로 즐비한 건널목을 건너
자본의 거리에 들어서면
나는 안개 속 나비가 된다

앉을 곳 없이 허우적거리다 추방된
남자의 더듬이

황단목 키를 재듯
날개 세우지도 못한 채 잠든
아내 베개를 받쳐 주자

누에고치처럼 파묻히는
아내의 안개

고양이의 꿈

 내 몸의 기억을 살피는 그놈들은 천장 속에 웅크리고
있지 어느 구멍으로 들어왔는지 알 수 없지만 내가 일을
좀 벌이려면 그놈들은 발광을 하지 그 소리는 당나귀 흐
느끼는 소리였다가 두꺼비 헐떡이는 침샘 자극하는 소리
즉시 내 몸은 쪼그라들지 놈들 발소리에도 리듬이 있어
한 걸음씩 훌쩍 건너뛰기도 하고 동심원을 그리며 미끄
러지듯 걷기도 하지 놈들이 불규칙적으로 움직이기 시작
하면 나도 불안해 천장을 두드리고 놈은 짜증스럽듯 길
게 울음을 울지 내가 꿈을 꿀 때 놈도 꿈을 꾸고 그 꿈속
에서 만나기도 해 놈이 술에 취해 밤새도록 사랑을 나누
고 나는 외딴집에서 기억할 수 없는 그 누구를 만나 고양
이는 아는 듯 야옹거리고 나는 자꾸 천장만 두드리지 아
내는 천장에 구멍을 뚫고 에프킬라를 분무하지 나는 꿈에
안개 길을 밤새 걸었지

목마른 이유

그림 그리다가
가운데 꽃 그리다가
꽃향기 넣으려다
목마릅니다

꽃잎에 앉은 나비
실낱같은 날개 그리다
도저히 날 수 없는
노랑나비 촉수 부러뜨려
목마릅니다

산 그리고 개울
하늘 구름 새 울음 그리다가
맑은 색 입히려고 아무리 애써도

마음 산란하여
목마릅니다

잠자리비행기

기억 밖 사물은
상상 너머에 있었네

볼 수 없어 아름다웠고
색깔 분별키 버거워
살필 틈 없는 의식 너머로
사라져 버렸네

날개 달렸을까
꿈속까지 날 수 있을까

처음 본 괴물체의 소리는
암울한 미래까지 찾아와
흔적 없이 사라지고

어디로 가는 걸까
동심 공간 휘저으며
순식간에 쉼 없이 사라지는

빨강 잠자리

당신, 소멸

돌아가는 길입니다
사라지는 것이 아니라
본향으로
길 뜨는 중입니다

검은 고양이 이유 없이 꼬리 틀고
깃털 세워 울부짖는 날 밤
몇 년 동안 바라보았던 별
달 구름 속에 잠겨
붉은 십자가도 흔들리는 밤입니다

담 넘어 창문 두들기던 벗의 유년의 밤
터질 듯 작약꽃 피고
목단 제 무게에 겨워
고개 저미던 벗 이야기

친구 두부 공장 새벽 연기 피어오르고
그 아버지 손수레 끌며 흔들던 종소리
그 어머니 김 서린 공장 문 열어 숨 고를 때

순두부 한 바가지 건넸지요

김 피어나는 공장 쪽방에서
큰 이불에 서로 발 묻고 나눴던
옛이야기 출발점은 오늘이었습니다

친구 길 떠나는 날
세상은 아무 일도 일어나지 않았습니다

다만 검은 고양이가 사라졌다는.

겨울의 변방

비스듬히 기운 굴뚝은
주인 기다리듯
내리는 눈발 바라봅니다

불 땐 사람은 앞산 마루에 잠들고
바람결에 스치듯 지나는 연기 사이로
쿨럭이던 소리 간간이
배어 나옵니다

밤은 차오르고 신월의 어둠은
그믐 되기까지 그리운 절정

기억 너머의 기억 되살아나
들녘 슬프게 숨어들고

찾는 이 없는 빈집 마루에
산허리 휘감은 마른 구절초 향기
뚝 뚝 부러져

아득한 사람들 목소리
눈발에 흩어집니다

미네르바 부엉이

광풍에 낙화한 한 무더기 붉은 꽃들
터질 듯 피어나 온갖 시선 한 몸에 담던 날
꽃향기에 취해 날 잃고
널 버리고

돌아갈 길 잃은 부엉이 한 마리
눈을 끔벅이며 바라보아도
방향 잃은

오늘을 기약했을까

밤은 아직 멀고
지평선 아득한 모래밭에 앉아 샘물 파고

우화의 그늘에서
가야 할 길은 아득한데
미로에서 길 찾는

정오의 햇살 아래 서서

황혼 녘 기다리는 마른 발톱의
미네르바 부엉이

나는 몰라요

숨 가빠 돌아가는 피대 회전축 앞에서
웃고 있는,

자욱한 먼지 속
여차 손가락 잘릴 수 있는 상황에서도,

시커먼 자전과 공전 사이에서
번갈아 흰자위 희멀겋게 번뜩이며 긴 숨 몰아쉬는,

구석진 틈에서 혼자 도시락 까먹으며
콧노래 부르는,

어깨 늘어진 수건에
휘감길 것 같은 불안 즐기는 듯,

탁탁 워커 먼지 털며
웃는,

벽시계 흘끗 보더니

겹겹 낀 뻘건 목장갑 벗으며
전화 거는,

짧은 대답에도 웃고
붉은 장미 한 송이 사는
그 남자,

남자, 남자

집 밖에서 서성이며
문 열릴 것을 꿈꾸지 마세요

문은 밖에서 여는 것

수많은 문 열고 닫으며
주술 외우듯
그대 만나고

한 줄기 희망이라도 안길 수 있다면
초록 세상 퍼 담아
보이지 않는 그곳까지
안겨 드리리

여전히 바람 불고
웅크린 시간이 날린다 해도

어느 날 모두 사라진 벌판에
울타리 보듬고

숨겨진 한 줌 흙에서
붉은 꽃 피우리

여자, 여자

잔잔한 물결 위 배 한 척
소소한 바람에도 흔들리다
점점 멀어져 가는 신기루

파도의 고통 넘고
눈물로 노 저어
행성으로 유인하고

말없이 고개 숙이는
지워도 지울 수 없는
거울 속의 별

베일에 싸여
쌓아도 쌓이지 않고
보아도 보이지 않는

끝없이 무르익는
내 마음의 부초

사랑할 수 없는 사랑

사랑하기 위해 버립니다
사랑할 수 없어 떠납니다

이슬로 더 부풀어 맑게 비춰어도
속절없이 태양은 떠오르고

애타게 막으려 몸부림쳐도
내 몸은 오그라듭니다

점점 작아지는

당신 앞에서
점점 작아지는.

잊혀지는 것에 대하여

세탁소 건물 벽 희미한 글씨는
반원 모양으로 남아 있다

그리 멀지 않은 시간들이
낡아진 그대로 낡아져
무채색으로 문을 닫고 있다

이발수 삼색등은 회전 멈추고
생소한 언어들이 얼굴 내밀어
간판은 매우 무례하다

순이 영자 철수 모두 떠난 골목에
전봇대에 묶고 놀았던
고무줄 기억이
끊어질 듯 팽팽하다

'칼라 필름 현상소'라는 글귀가
바람에 흔들리고

시들어 가는 것이 아니라
세월을 먹고
너를 기다리는 중이다

보조개 남자

당신의 미소 닮고 싶습니다

아침에 만날 때마다 웃는 모습
복도 환히 밝히고
움푹 패인 볼에 꽃 피어납니다

오목한 입술로 말할 때
구슬 단 듯
미묘하게 이끌리는 거절할 수 없는 묘약

서류뭉치 앞에서
자판을 두들기는 모습
검은 테 안경에 흰 와이셔츠
붉고 긴 넥타이

헤어지고 돌아설 때도
다시 기억나는 오목한 우물

이름만 불러도 금세 떠오르고

종일 거울에 비친 그 미소는

천사의 실수

문화 당뇨

문화 혈색소 위험해요
과다한 영양제 투입으로
내장에 기름기 쌓여
필요 이상 성깔 내장 가득하고
민초들 삶을 배설물로
곁눈으로도 살피지 않네요

물감 밑에 덕지덕지 붙은 채색 파편들
위장된 화술로 쓱 뭉개고

빨간 딱지 붙이고
딱딱한 소리 굽 높은 뾰족구두
췌장에서 나오는 인슐린은
거만한 비곗덩이에 막혀
세포는 산화반응을 일으키고
사회 합병증 유발하네요

염증반응은 영혼 좀 먹고
차례로 도시에 악순환 만들더니

비대해진 몸으로 헐떡이는 당신 숨은

고갈된 풍선마냥

그렇게 빈 액자에 남아 있네요

북청 사자춤

정월대보름 북소리 들려올 때
토성 제단 터 휘돌아
퉁소 가락 담 넘고
부릅뜬 흰자위에 흙 벌떡 일어나
가장자리 고목에 붉은 자락 휘날린다

가면은 마을 한복판 몸짓 기억하고
정월 대보름 아래 얼기설기 대가 높은 담 돌며
큰 입 벌려 악귀 쫓는 고함
난무의 굽은 허리는 맹렬하여
산을 옮길 듯 포효한다

시렁 앞에 조아려 무병장수를 빌고
오색단장 허리에 동여 천지에 애원하고
한데 어울려 꺾쇠가 양반을 끌고 나온다

굿거리장단에 신난 사자는 동리 돌다가
기진해 쓰러지고
사당춤과 승무가 한데 어울려 춤추고

동네 사람들 사자 꼬리 쫓아
한데 모였다가 쓰러지고
다시 모였다가 흩어진다

세월은 사자를 먹고
사자는 세월을 먹는데
북청 사자 혓바닥이 노을에
꿈틀거리고 있다

다시 팽목항에서

노란 리본이 갈매기처럼 나부끼는 갯벌에
검은 십자가 먼바다 바라고 있다

쇳녹이 새까맣게 흘러내린 부두 곡주는
아직 정박 못 한 아이들 기다리듯
갈라지고 터져 에미 심장은 해풍에
하얗게 지워지고 있다

파도는 울음 게워 내며 밀려왔다 슬픔 토하고
에미는 그 거품 들이키며
아이 이름 삼키고 있다

내 아들 딸아 어디 있느냐
하늘아 땅아 이 슬픔 어찌 말할 수 있으랴

우리가 잊으면 영원히 감춰질 밀약
교묘하게 위장하고
침묵 방관하는 권력 탐욕자들

노을은 붉게 물들어 아픔을 노래하고
석양의 아름다운 깊이만큼 더욱 가슴 아픈
미수습 젊은 청춘들이여

3부

생각 거둬가는
— 인도 1

내일이 오늘 같고
오늘이 내일 같다

귀 둔해지고
눈 밝아진다

육신을 태우고도 살아난다는
숨을 곳 없는

시간은 멈추고
굽은 마음의 평온이여

버림당하고도 향 피우고
어둠 거둬 가는

내 영혼의 안식처
인도.

조이의 꿈
— 인도 2

희망이라는 달콤한 고문이
브라만人 흰 콧수염 끝에 달려 있다

뭄바이 뿌끄시 람데끄띠 빈민촌
짜빠띠 한소끔 끓여 딸아이 학교 보내고
하수구 밑바닥 푸는 남편 밀란 도시락 싸주고
먼 길 걸어온 수드라人 스리가니

옥상으로 시멘트 반죽을 퍼 나르는 일
맨발이 차라리 편하다는 그 미소

발목에 달린 고리 소리는 근접 경고문
'나는 저주받은 인간입니다'

시멘트가 굳으면 일당 소멸
점심 없이 거푸집 채우는 일상

하루 일급 400루피
햄버거 한쪽도 안되는

쌀 사고 공책 사고
계란 하나라도 더 챙겨야 하는 노동은
노을 비친 빈디 붉은 점 위에
하얗게 바래고 있다

엄마 기다리던 딸 조이
사리 품으로 숨어든다

인생 종착역
— 인도 3

눈 위에 눈 있고
눈 아래에 눈 있다

떠 있어도 감은 듯
감고도 뜬 듯

세상을 보고도 못 본 듯
안 봐도 아는 듯

들여다볼수록 어둡고
어둠 속에서 내가 보이는
인생 종착역

인도

야무나강에 비친 까딱 춤
— 인도 4

긴 천으로 허리를 묶어
자신을 결박하고
넉넉히 주름 잡고
화려한 의상 속 춤사위

길면 밟히고
짧으면 유혹이다

남은 천을 옆구리로 힘껏 돌리고
잘록한 허리선이 보일 듯 말 듯
풍만한 가슴을 스쳐
엉덩이를 감싸고
남은 천을 왼쪽 어깨 위로 늘어뜨린다

씨실과 날실을 엮어 테두리는 화려하게
촐리로 배와 가슴을 꽉 죄게

흔들 수 있는 모든 부분에 고리를 달아
이마 귀 코 입술 목 손가락 발목 발가락까지

머리에서 흘러내린 얇고 긴 뚜파타

온몸 흔들며 춤추는
야무나강 노을에
사리를 입은 무희가
타지마할 흰 대리석 위에
몽환적으로 스며들고 있다

장작더미 위의
— 인도 5

아버지를 태워 갠지스에 뿌려야만
윤회의 사슬을 벗을 수 있다는
강가

아그니 신성한 불씨를
마른 풀로 옮겨
다섯 바퀴를 돌고
점화해야만 한다는 섭리

가트 안쪽으로 높게 쌓여 있는 장작더미
도끼로 화목을 패는 아르띠

물 흙 불 공기 공간

억겁이 강물이 되어 흐르는 곳
천의 얼굴

아르띠는 오늘도 일몰에 뿌자를 띄우고
떠내려가는 영토를 따라

하루의 카르마를 접고
긴 기도를 한다

세상의 모든 언어들이 불타고 있다

갠지스 초승달
— 인도 6

혼자 있어도
혼자가 아닌 듯

기다리고 있으나
이미 당신은 스쳐 지나가고
기다리는 공간만 남아

비어 있어도 황홀한
갠지스 실눈 같은 초승달

멈추어도 가는 듯
길을 잃어도 꽃은 피고
여여함의 흔들림 속의
몰아의 경지

나와 내 밖의 내가 만나
별을 채우는

바라나시 가트 위에

해가 진다

내 안에서 피어나는
— 인도 7

당신이 따듯하여 인도에 왔습니다

아무 일도 하지 않는 것이
나를 가득 채우는 일

비어 있을수록
단단해지고

밖이 단단해질수록
내 안의 내가 부서지는

꽃은
그 안에서 피고 있었습니다

샤글의 일기
— 인도 8

히말라야 산촌 지바 마을에서
엄마는 열세 살 때 내키지 않는 결혼으로
열다섯에 날 낳았다지요

다우리마저 넉넉지 못해
병든 신랑 만나고
과부 시어미 온갖 학대 견디며
더는 내려갈 곳 없는 바닥에서
날 키웠다지요

남자가 죽은 후 엄마는 쫓겨났고
얼굴 없는 남자는 내 이름에 굴레를 씌워
이마에 검은 세 줄 틸락 칠하고

뿌리 찾을 길 없는
갠지스에 몸 담그고
강가 마시고
뿌자 띄워도

오랜 기다림은 물결 흐름과 같이
마음 가운데 남아 있는
느낌 가는 곳에 서 있는 샤글

낙타가 바늘귀를 통과하는 순간
모든 부러움 사라지고
도마 순례길 걸으며 만난 그대

그 안에 생명의 빛 있었네
내 안에 존귀한 당신 숨 쉬고 있었네

히말라야에 대청봉 옮기기
— 인도 9

네팔의 시간은 느리다

포카라 앞 설산 뒤 사랑콧은 하늘에 닿아 있고
안나푸르나 희운출리 마차푸차레 거봉들이 줄지어 서
있다

한 번도 쉬이 곁을 내주지 않을 듯 당당하게
어제 걸어온 길 사라지고
오늘 설벽은 다시 새 길이다

가마득히 보이는 칼능선 위의 물안개
대장은 눈앞 가파른 설로를 오르며
자욱한 설빙 길로 로프를 내리고 있다

열 손가락이 모두 떨어져 나갈지라도
대장은 안식처라고

시간은 느리게 얼어 가고
대장이 묻은 대청봉 깃발은

정상에서 나부끼는데

돌무덤 위로 검은 새가 앉았다가
느리게 솔로쿰부 쪽으로 날아간다

인도 바이작, 春川
— 인도 10

춘천 집에서 지구본 돌리면
소리 없이 회전하다
순간, 나타나는 사리 입은 반디 여성

내 눈은 한반도에 고정된 시선
안개 자욱한 북한강
물 가득한 의암댐
삼악산 어른거리고
명동 거리 사람들

멀다는 것은 그리움이다
그리움은 부정직하다

떠나고 싶던 순간은 정직했지만
내 안에 숨어 있던 베인 상처
돌이킬 수 없는 방황이 청춘의 바람일 때

소중한 것은 그 안에 있어
그 거리에서 불렀던 옛노래

다시 돌아와 걷던 그 길에서
너를 만날 수 있다면
알싸한 그 향기에 취해
이 눈물 노래하겠네

바이작 초등학교
— 한글 교실 1

교사 입실하면 스스로 기립하여
앉으라는 말씀 기다리고
지각 학생 복도에서
예를 갖추는 인도 교실

교사가 선생님 되고
선생이 스승님 되는

그 옛적 발뒤꿈치로 살금살금 걷던 복도
무릎 꿇어 콩기름 문지르고
좌측통행 팻말 붙어 있던 천장
떠오르는 기억

물질에 눈먼 나라 떠올라
심장 도려낼 듯 터지는 긴 한숨
인도 소녀 큰 눈에 비친 내 모습 부끄러워
낡은 교탁 두드리는

나는,

나는,

다문화 한글 학교
— 한글 교실 2

한글 수업 시간
아기를 무릎에 앉힌 베트남 학생

강간수월래가 뭐냐고

필리핀 학생 왈 관광수월래라고
여행 가서 춤추는 것이라고

말이 말을 낳고
웃음이 뜻 없는 말 낳는 교실

선생님 얼굴 붉어지고
다시 목청 높이는

다문화 한글 교실

바이작 뒷골목 학교
— 한글 교실 3

남인도 바이작이라는 도시 뒷골목
옥탑방 극한 폭염 쏟아지는 날
한글 수업

가나다라마바사 열심히 읽고
이중 자음 이중 모음 외우며
겹받침은 나도 잘 몰라 허둥거린다

네팔 학생 책 표지에
'남한국=삼성=돈'
이라는 붉은 글씨

한글이 돈이라는 생각으로
어떻게든 한국으로 가야만 되는 청년
친구의 전화 한 통에 저당잡힌 쿠마르

수업이 그물 되고
한글이 미끼 되는
웃음 사라지는 한글 교실

무봉급으로 아이들을 가르치는 나는,
바이작 짙은 노을 속으로 걸어가고 있다

세종대왕님께
— 한글 교실 4

태 탸 테 톄
퇴 퇘 튀
....
발음 수업 시간
아 세종대왕님 보살펴 주소서

읽다, 맑다, 밟지는, 넓죽하다

이방인들이 따라 읽지도 못하는 이 발음을
어찌하오리이까

전하
이 소인이 죽어 마땅하옵니다
굽어살펴 주옵소서
성은이 망극하옵니다.

꾸마르 한글 사랑
— 한글 교실 5

현금지급기 담당 쿠마르 인도 학생은
수업 중 자주 무단이탈이다

어딘가에서 전화가 오면
연장 가방을 들고 슬며시 사라지고

두 달 안에 한글을 꼭 배워야만 하는
쿠마르는 한글이 여자이고
여자가 한글이다

한글에 목숨 거는 꾸마르는
새벽에도 내 방문 두드리고
애절한 그 눈빛은 늘 젖어 있다

빼곡하게 쓴 자음 속에
모음은 소리를 내고
서로 짝을 맞춰 만드는 단어

그 명사의 울림 속에

익어 가는 구순한 사랑

탈북민 한글 수업
— 한글 교실 6

엄마 치마 붙잡고
중국과 몽골을 걸어 러시아까지
수차례 고비 넘겨
서울로 온 네 말 속에는
굴곡이 있다

앞뒤 말의 높낮이와
이념의 차이가 서로 갈라놓았을지라도

마주보며 몇 마디 주고받으면
말보다 손 서로 맞잡고

손보다 눈빛
눈빛보다 마음
마음보다 먼저 눈물 흘러
칠판 적셔 백묵 자꾸 부러진다

똑같은 별에서 태어나
별똥별이 되어 떨어졌다가

동백 꽃잎처럼 낱낱이 흩어졌더라도
본시 한 뿌리였더라

서로 말 속에는 감성 살아 있어
주름 펴지고
구멍 메꿔져

교실에는 꽃향기 그윽하더라

4부

길은 잃어도 꽃은 피고
— 서른, 세쌍둥이 첫째 딸

길은 잃어도 꽃은 피고
어제 다녀간 네 방에는 종이 조각들이
어지럽게 나뒹굴고 있더구나

영문 문장에 빨간 줄 그어 있고
해설에는 미사일 사진과 구조도에 골몰하느라
밤을 꼬박 새웠겠구나

이 별에서 서로 미워하다가
서로 죽이고 죽이면
다른 별에서 다시 만날까

논문 제목은 국가비밀이라 말해 줄 수 없다며
떠난 자리에서 풀 냄새가 나고
구름은 제자리서 맴돈다

하루해 저무는 망각의 문 앞에서
더듬거리며 다가서는 다섯 살 아이

"아빠. 미사일이 어떻게 날지?"

너는 어디에서 왔니
— 서른, 세쌍둥이 둘째 딸

가시투성이 밤송이 깠을 때
가운데 끼어 고개도 못 든
쪼그라진 밤송이를 보았니

언니동생사이에끼어아홉달을견딘둘째
눈물이다아픔이다노여움이다슬픔이다

일점사키로의 생명은 내 분신이다
분노의 결과물이다
항거의 꽃이다

독재의 칼날에 만신창이된 식물인간인 내 몸에서
가까스로 씨앗을 꺼내
시험관 터널을 통과해 엄마 뱃속에 붙으려고
다다르기 힘겨운 터질듯한 모세 혈관의 집합체
꼬리를 치며 안간힘으로 매달리려는 꼬리는

지금은 그 손으로 환자를 보듬고
그 발로 허기를 면하고

녹색 십자가 아래에서 문 두드리고

세상의 수면을 흔드는 무저갱의 계단에서
흘깃 보는 천장 아래 벽시계의 긴 그림자에 기대어
눈 비비며 시간의 걸음을 세고 있는

너는 어디에서 왔니

별은 또 별을 낳고
— 서른, 세쌍둥이 셋째 딸

세상에는 길 없는 길이 많지
평면 위에 줄을 긋고
입체가 벌떡 일어서는 일상

사물 위에는 포획의 틀 겹겹인데
길 위에 공간을 뚫고
다른 길 만드는 서툰 손짓

딸아,
세상의 간지러운 욕망들이
길 위에 제 갈 길 재촉하고
고향 등지고 곪아 버린 도시로 밀려가는 오늘,

불임을 조장하는 사회에서
아이 기르고 물을 주는
바람 심고 꽃 피우는

동지 지나도 해 떠오르지 않고
하지 지나도 해 지지 않는

고삐 놓친 휘몰아치는 항구에서
네게 손 흔드는 엄마

별은 또 별을 낳고.

세쌍둥이 엄마의 겨울일기

사각지대라는 언어가 떠오르는 아침
밤새 문 틈새로 냉기 쳐들면
두께를 가늠할 수 없는 서러움이
검은 문고리에 서리로 맺힌다

처음 보는 둥그런 낯선 눈빛
열리고 닫힐 때마다 눈동자로 변하여
감시하듯 움직이고
십구공탄 공기구멍 막은 것이 죄스러워
아이 목구멍만큼 열어 둔다

첫째를 업고 연탄 갈고
칭얼대는 둘째 공갈젖꼭지 물리고
달라붙은 연탄 떼려는데
셋째가 운다

집 천장 반자 위 발정난 고양이 소리
셋째 울음소리와 엉킨다

문 두드리는 소리
남편 돌아올 시간은 아직 멀다

근화洞 6통 2반

미군부대 폐쇄되었고
국군 병참부대 이동했지만

두 부대 사이에서
육이오 이후 칠십 년 동안
도시 중심이지만 흉물로 남은 동네

주민들은 철조망 옆에 호박을 심고
그래도 미국 우방으로 믿었건만
어느 날 새벽 포크레인으로 싹 밀어버렸지

그 어느 날 '민항기 불시착' 싸이렌으로
대한민국 공포에 떨었던,
집 가려면 신분증 검색당하고
미군부대 쪽 창문 모두 못질하던,
건물 옥상에서 부대를 볼 수 없도록,
써치라이트가 밤새 지붕 위를 비추고
헬기 이착륙 시 불안감으로 잠 설칠 때,
아무도 구매자 없는 맹지,

폐쇄된 대형 하수관으로 집은 기울고
노인들만 숨쉬는,

점차 폐가만 남고
떠나지 못하는 시민들만 남아

무너진 담벼락에 호박 심고
바람만 불어도 벼랑 길 걷는
마지막 남은 사람들

긴 저음의 소리 안개처럼
동네 골목길을 휘감고 있다

퇴직 후

넥타이를 매다가 그대 얼굴을 본다
그렁한 이슬

골목길은 늘 슬프다
내게 이끌려 들어선 이 집 문턱 반질거리고
손잡이 벗겨진 흉흉한 흔적
슬리퍼는 늘 한쪽이 뒤집혀
아침은 깊은 밤 잊은 듯
겸허하다

새벽, 닦아 놓은 구두 광택에
비대칭으로 서리는 얼굴

뒤돌아볼 용기 없어
몇 걸음 걸을 때까지
문 닫는 소리 없고
내 귀는 더욱 길어진다

나는

길 없는 길을 간다

아내의 국민학교

삼천 명이라고 했지
일제 때 지었다던 언덕 위 국민학교가
거품 같다

높은 계단을 오르던 기억
재잘 거리던 목소리 끊기고
엄마가 먼발치에서 손 흔들던

넓은 운동장에서 조회하던 날
길고 긴 교장선생님 훈화

운동회날 달리기 모습 떠오르고
도시락 못 싼 친구 생각
플라타너스 그늘 아래에서
처음 먹었던 김밥의 달콤함

학교 소사 아저씨가 교내 고목나무 벨 때
구렁이를 죽였던 일로
소풍 때마다 비가 내렸다던

나무는 아름드리로 변하고
운동장 잡초 무성하다

병아리 떼 같은 아이들 몇 명이
교실로 들어가는 풍경

갑자기 눈물이 난다

세월은 인간을 먹고
인간은 시간을 송두리째 삼켜
저렇게 푸른 하늘에 널어 놓았나 보다

내 이름이 지워진 날

출근부에 내 이름 지워졌어요

사십여 년 출근하던 학교가 어색하고
게양대 펄럭이는 국기 낯설어
시선 돌립니다

창고에 쌓아 둔 폐기된 책상
반질거리는 모서리 보는 순간
눈시울 뜨거워집니다

신입생은 그냥 지나가고
나는 허망한 심경으로 서걱이며
마음 달랠 때
수업 종소리 들립니다

습관적으로 시계를 보면
'화요일 3교시 삼학년 칠반 수학시간'

그 시간에 담장 돌아 걷는 발걸음

참으로 서툽니다

시내버스 지나가고
금세 거리 미분하고
속도를 측정합니다

다시 속도 미분할까요
머리는 가속도보다 빠른 회전으로
집으로 걸음 옮길 때

'철거 중' 붉은 글씨가
동네 입구에 쓰여 있습니다

망대 길

눈 쌓인 언덕길 오르면서 엄마는
아버지가 곧 올 거라 말했지만
아들은 버려진 연탄재 구멍을 세며
그 말 믿지 않았다

담임은 국민교육헌장 외우라 다그치고
전학 온 날부터 종아리를 맞았다

피할 곳 없던 제일 높은 망대 아래 집
사글세는 새벽보다 빨리 찾아들고
아들은 봉지 쌀 사러 구멍가게에서
반 여자애를 만났다

망대 길은 좁고 미끄러웠고
엄마는 그 길을 매일 쓸었다

망대 스피커에서 울리는 애국가는
마르고 닳도록 교실에서도 들렸고

느닷없이 아버지는 젊은 여자를 데리고
망대 길로 걸어 들어왔다

꽃물, 엄마

한 땀 한 땀 수놓았을
엄마 손

바쁜 손놀림으로 신혼 꿈을
베개 양면에 꽃 자수 새기며
원앙을 잉태했을까

유품 정리하며
죽 바구니에 남겨 놓은 오색 실타래
열지도 못한 바늘 상자
각시 가슴에 담긴
잊지 못할 꽃향기
골무에 남은 체온

신랑 신부 모두 떠난 빈방에
노랑나비 날아들어
엄마 흔적은 전설 되고

아주 먼 날

날 알아볼까

나는 엄마 알아볼까

엄마야 누나야 인도 살자*

소월의 서정
인도에도 살아 있어
산에는 꽃 홀로 피고 지고

걸음걸음 놓은 그 꽃을
사뿐 즈려밟는 인도 여인

갈 봄 여름 없이 꽃은 피어
사리 동정 깃 붉게 물들고
먼 훗날 당신이 찾아오면
갠지스 들녘 붉게 타올라
소월 쓰러지듯 바람에 흔들린다

엄마와 누나는 부초처럼 떠올라
물결에 밀려오고
꽃은 말없이 이별을 노래하며
새 흐느끼는 소리에 춤추듯 흩어진다

마지막이란 단어가 떠오르는 아침

마른 꽃에 물 떠먹이는
내 생의 첫날

맏아들

당신 그림자는 키 큰 사다리를 닮았지요
아침에는 빗살문에 꺾여 처마에 닿고
해거름 때면 앞산에 걸쳐
비스듬히 사립문을 엽니다

한 걸음 내디딜 때마다
빗장 사이 가족 젖은 눈길은
당신 가죽 가방보다 더 질겼습니다

아홉 명 동생 거느린
갑옷 입은 선각자 같은 당신

자전거에 묶인 도시락 보자기는
칼날처럼 휘날리고
가슴에 돌 열한 개 얹고 걷는
신작로 미루나무는 부러질 듯 휘청거렸습니다

가시나무새가 먹이 물어 옮기며
제 살 먹이듯

버틸수록 삶의 무게에 저당잡힌
검은빛 그림자

간밤 휘몰아치던 장마에
양동이에 빗물 받는 나는,

나는
당신의 장남입니다

육십 즈음에

육십갑자 한 바퀴 돌아
새로 시작하는 후반전
일기장을 삽니다

내 안에 서걱이던 우울과 이별하고
매일 익어 가려는 자신 위로하며
휘갈겨 쓴 이름 지우고
다시 정성껏 씁니다

살아온 시간보다 짧은
남아 있는 삶에게 인사 건네고
뒷짐 지고 걷는 모습
느린 걸음 아버지 뒷모습입니다

기타를 닦고
튕겨보는 Am C F G 소리에
움찔하는 마음

낭만으로 시작했던 삶은

초반전 절망으로 밀려나
중반 힘겹게 버텨온 나날들

낭만이 밥 아니고
몸부림쳐도 절대 무너지지 않는 거대한 벽
흙수저는 흙수저로 밥 먹을 때
가장 행복하다 눈치챈 날

어제 일 까마득하고
친구 이름 서서히 잊힐 때
안경 썼다 벗었다 하며 고지서 읽을 때
친구 부고장 받을 때

겨울 가고 봄 오는 것이 예사롭지 않고
낙화 한없이 서러울 때
꽃 보며 눈물 저밀 때

내 이야기에도 마침표가 있음을 깨닫습니다

5부

아우라지 할미꽃

여울에 손 담그면
당신으로 간질거립니다

여울에 마음 담그면
온몸 그리움 일렁입니다

유년의 흔적 밀려오고
할미 목소리 들려옵니다

당신 허리 닮은 꽃
양지바른 앞산에 피고
솜털 보송한 귀밑 잔주름 눈부십니다

꽃은 떨어져도
씨는 남고

뿌리가 씨 밀어 순 띄울 때
세월은 긴장하고
물소리 바람 소리 낙엽 흩어지는 소리

가없는 사랑 꽃이 되어
촉촉한 얼굴로 수줍게
잔잔한 바람에도 고개 숙입니다

새

종달새 울음에 초록 묻어날까

새순 얼굴 내밀어 세상 훔칠 때
어느샌가 날아와 얼른 한입 물고
쪼르륵 앞산으로 날아가는
거침없이 다가오는 아침

새 앉던 자리에
불지 않던 바람 스쳐
흔들리는 가지마다
말 없는 뜻 담겨

당신 눈은 어느새
내 안으로 들어와
꽃씨 하나 떨구고
울음소리만 남기네

날개는 무지렁 몸짓이건만
당신을 만난 후

내 안에서 꽃피는
날아든 사랑이었네

초록빛 울음이었네

바위꽃

음습하고 습한 바위 틈새에 몸 의지하고
척박 속에서도 홀로 견디며
길고 곧게 선 꽃대 끝자락에
꽃 피는

한파 풀리면 새순 돋아
겉으로는 한 묶음 같으나
ㄱ 속에는 서로 인정하는 개체들의 몸부림

스스로 음지를 택하고
낯선 북풍 거친 바람에도
바위에 뿌리 뻗어가는
그 위대함

부드러운 듯 하나 자신을 쪼개
또 하나의 생명을 낳아
간절한 목마름으로 항거하는

그대를 닮아 부끄러운 듯 수줍지만

미풍에도 꽃잎 흔들어 주는

절실한 사랑 바위취

시골집 지붕 변천사

겹겹산중 강원도 정선 임계
두꺼비처럼 납작 엎드린 고향 집 지붕이
어느 날, 농촌 개량사업으로 함석집으로 바뀌었지요
묵은 초가 걷어 내고 유신 새 시대 만든다고
햇빛으로 눈부시던 지붕은 면에서 유명세를 탔었지요

그러나 잠시, 녹물 흘러내려
가슴에 스며드는 빗방울
장관님은 썩는 일 없는 슬레이트로 교체하라는 배려로
조부는 농협 빚으로 지붕 교체하고,

또 어느 날, 발암물질로 지붕을 철거하라는 명령으로
지붕을 걷어 버리자
스스로 집은 무너지고

나를 지지할 수 있던 그 무엇이
거품처럼 땅으로 스며들고
터 위에서 부서진 기억을 챙겨
서울로 돌아가는 길

마약과 같이 환상으로 구물거리는
지붕 없는 집에서
지붕을 모르는 아이들과
지붕을 이별하고

아버지는 일기장에
지붕을 '집웅'이라 쓰고
'울었다'라고 휘갈겼다

부엉이 방구통

소나무 혹병에 감염되어
거북등처럼 부풀어 굳은
상처 덩어리

어머니 등 두드리는
친구 되었다네

손 닿지 않는 그 깊은 곳을
토닥이는 부엉이 방구통
어깨너머 결린 등짝을
시원하게 풀어 주는
안마기 되었다네

세월은 겨울밤 부엉이 울음소리에 숨어들고
빈방 못에 걸린 부엉이 방구통

어디에도 없는 얼굴
찾을 수도 없는 그리움

세월은 시간을 먹고
시간은 세월을 낳고

늙은 부엉이 방구통은
할미 기다리듯
문풍지 바람에 소리 없이
흔들리고 있네

잿간

할배는 이른 아침 아궁이 재 퍼담아
잿간 한 켠에 던져 놓고
지게에 쌀겨 싣고
잿간 뒷켠에 쌓아 둡니다

할멈은 부춧돌을 닦습니다
시아버지가 뒷 개울에서 주워 온 돌은
크기 색깔 넓이두
쌍둥이처럼 닮았습니다

그 위에 발끝 맞춰 앉아
하늘 쳐다봅니다
앞산 개울 물소리 요란하고
소쩍새 소리 멀어집니다

할멈은 어린 손자 엉덩이
호박잎으로 쓰윽 문지릅니다

따끔거린다고 칭얼대는 손주

할멈은 한 삽 푹 퍼서 뒤켠에 던져 놓고
재로 덮습니다

감자꽃 피기 전에
수레에 담아 밭으로 옮기고

밭은 꽃 피고
나, 할멈 가슴으로 봄을 키워 냅니다

시인의 강나루

물맷돌 누워 있는 길섶에 지은
친구의 황토집

아버지의 그 아버지가
도끼로 깎아 세운 기둥발에
남아 있는 증조부의 흔적

볼 대고 비비면 들리는 숨결
강나루 물결 소리에
울음 묻어 있다

한때 물이 넘쳐
처마 끝까지 차올랐던
오래된 기억은

앞산 양지에 작은 언덕 만들고
새소리 물소리 바람 소리
계곡에 섞여 들리는 합주곡

소리는 노래 되고
산울림 되어

어렴풋 옛사람을
그리고 있다

각시

다소곳이 이마 숙이고
걸음 옮기는 각시 보며
할메 눈물 흘렸네

열여덟에 설레 뒷골로 가마 타고 건넌 후
구십 평생 한 번도 친정 찾지 못한,

오동 반닫이에서 노랑회장저고리 꺼내
동정에 낀 세월 때 벗기며
손주 새악시에게 건네주려다
고름만 만지작거리는 할메

쪽진 머리 참빗으로 다듬으며
벽에 걸린 흑백 사진을 보네

신랑은 아직 어린데
할메는 눈 어둡고
귀 아둔하고

시어른부터 맏손주까지 아른거리는
친정 식구들 이름조차 아물거리고
흔적조차 까마득한 고향 둔덕

지금도 진달래 아우러질까
바람에 꽃향기 묻어 날릴까

지름길

구름이 고향 산마루에 이르면
행여 뒤돌아볼까

길옆에 핀
한 송이 소국 바라볼 수 있을까

멀리 돌아가는 무딘 발걸음에
숨 묻어나고

같이 걷는 타박 길에
눈물 고여

지름길은 다른 길로 이어지는
종착점 없는 유혹의 통로

가장 먼 길
다시 돌아올 수 없는 막다른 길

구름도 쉬어 가는 내 고향 안개 길

호미의 눈물

철길 건너 쉼 없이 망치 울림 들리고
가마에서 꺼낸 붉은 쇳덩이
모루 위에서 매질당하고 있다

맞으면 비틀리고 뾰족해지고 휘어져
기역字 허리 모양으로 바뀌고
두께가 얇아질수록 더욱 단단해진다

눈물 뚝뚝 흘리며
떨어져 나가는 저 아픔

누구에게 저렇게 날 살려 벼려 봤는지

안개 넘어 안개

모든 숫자에 0을 곱셈하면
안개가 된다

억만 단위라도
아주 미세한 소리라도

그리움 혹은 노여움
친구가 떠나거나
우울과 고통으로 몸부림칠 때

안개 속에 잠겨
제로의 미학에 묻혀 버리면

내 안에 너를 만나고
네 속에서 일렁이는 나를 만나

안개 넘어 안개 속에서
느린 걸음으로 오는 당신

먼 길 떠나는
내 사랑.

송곳

간혀 있을 때는 잉여 같은 존재로
무시되고 소외된 잊힌 기억

슴베는 어둠에 누워
세월보다 긴 시간 숨죽이며
고장난 세월 다가오는 촉감

한때 경계를 뚫을 그날 꿈꾸며
쌓여 있는 낱낱의 어지러운 세상을
가장 잔인한 미소로 날 세워
푸른 힘줄 선명하게
자지러지는 순간

내 끝은 늘 허공이었네
바람 횡횡한 내 집이었네
문밖 슬픈 상처만 남기고
사라지는 뾰족한 인생이었네

혼자 살아 내야 할

거룩한 고통이었네

옹기 터

옹기 조각들이 슬피 울며
짝을 찾고 있네

전혀 뜻밖의 팔매질에
산산이 깨져 버린 원형의 모습
소생의 꿈 훑으며 이리저리 헤매고 있네

잘린 자국 붉은 살점
흩어진 파편의 울림
몸으로 항거하는 무언의 몸짓

옹기 터 주변에 길 잃고
우려가 현실이 되어 밟히는

가장 낮은 곳에 버려진
현대인의 무관심

얼룩진 침묵이 옹기 터 주변을 삼키고 있다

기억이 펼쳐지는 그 짙은 상자 속

박성현

(시인, 문학평론가)

1

기억이란 이미지로써 각인된 상형이다. 다시 말해 과거에 전개되었던 사건들이, 그 현재적 고리를 잃어버린 채 마치 성좌처럼 떠다니는 '사물-이미지'의 불확정적 흐름이자 그 사건-들이 순간적으로 분출되기를 기다리는 미래-시제다. 때문에 기억은 그것이 부재한다(혹은 지나갔다)는 이유만으로 우리가 '영원한 현재-진행형'이라 부를 수 있는 단일성을 본질로 하여 '과거-의-현재'를 실현하는 이율배반적 속성을 가진다. 기억은 언제든지 미래에 다시 출현할 수 있으므로 그 도래를 기다리는 아직 숙성되지 않은 사건의 더미라는 의미다.

이 같은 사태는 다음 두 가지 요소를 전제한다. 첫째, 기억은 그와 관련된 모든 옛날을 한꺼번에 압축한 채 사소한 부분까지 낱낱이 저장된 기록물 보관소가 아니다. 기억은 반드시 특정한 상황, 맥락, 사물과 사건(의 핵)을 포괄한 특정한 상형으로서만 존재하는 일종의 실마리로써, 공간보다는 시간의 촘촘한 단락에 이어져 있다. 다만 집중되지 않은 채, 마치 사진의 외부에 존재하는 이미지들처럼 망각과 소멸, 혹은 의식적/무의식적 덧칠이나 각인 등을 통해 이미 지워졌거나 전혀 생뚱맞은 사물로 바뀌치기 된 잔여(殘餘)로 착종되면서 무엇인가 자신의 실마리를 잡아당기길 기다린다. 프루스트가 과거로 순식간에 미끄러진 이유는 그가 '마들렌'을 베어 물었기 때문임을 잊지 말자. 한 사물-이미지의 필연적인 매개가 없다면 유년은 그 마법을 되살릴 수 없음은 자명하다.

둘째, 기억은 뚜껑을 열기 전에 그 생존 여부를 알 수 없는 슈레딩거의 고양이와 같다. 기억은 이중 구조 속에서, 삶과 죽음의 완벽한 대칭을 동시에 내포하기 때문이다. 기억하려는 자가 그 기억의 '실마리'를 잡아당기지 않는 한, 그것에 관해 우리가 알 수는 없다. 그것이 있는지도 현재로 소환되지 않는 이상 모호할 뿐이다. 따라서 기억의 바다에서 삶과 죽음은 동시성을 가지게 된다. 죽어 있으면서도 살아 있는, 그러나 그 현전이 허락되기까지 '고양이'는 기묘한 역설을 가진 채 상자 안에 있다. 누군가는 매듭을 풀고 실마리를 잡아당긴다. 순간 기억은 우리의 생활과 실존의 엔트로피를 뜨겁게 활성화하며 제로-디그리를 향한 엔진을 가열한다.

　사정이 이와 같다면, 기억이 현재로 소환될 때 의식의 힘은 최대치로 상승할 수밖에 없다. '지금'이란 순간은 과거로부터 밀려드는 힘과 열기에 더욱 충만해지고, 도래할 미래를 향해 그 정교하고 섬세하며 구체적인 사건을 하나둘씩 전개하고 완성한다는 말이다. 이에 따라 성(聖) 아우구스티누스가 주창한 바 있는 시간의 세 유형(과거의 현재, 현재의 현재, 미래의 현재)은 기억을 활성화하는 농도에 따라 얼마든지 현실적 무게를 가지며 동시에 그것이 실현할 수 있는 최적의 사태를 엄밀한 의미의 '사건'(알랭 바디우)으로 고양한다――"기억 너머의 기억 되살아나/ 들녘 슬프게 숨어들고// 찾는 이 없는 빈집 마루에/ 산허리 휘감은 마른 구절초 향기/ 뚝 뚝 부러져// 아득한 사람들 목소리/ 눈발에 흩어"(「겨울의 변방」)지는 곳에서 김홍주 시인의 문장은 그 은밀한 싹이 발아한다.

2

　시인에게 시작(詩作)이란 그가 태어나서 자란 곳, 이를테면 '본향'으로 돌아가는 도정(道程)이다. "돌아가는 길입니다/ 사라지는 것이 아니라/ 본향으로/ 길 뜨는 중입니다"(「당신, 소멸」)라는 문장에서 잘 나타나듯, 본향이란 그가 경험한 모든 삶의 원형이고, 그것을 고스란히 간직한 '기억'이다. 행성이 태양의 원자 주위를 일정한 간격과 주기로 공전하는 것처럼, 그는 이 본향을 끊임없이 떠올리고 복원하며 다시 정립한다.

　놀라운 것은 시인의 문장에 깃든 이 심상치 않은 회귀-의지가 그가 살아온 생활과 실존의 가치를 단지 환영으로 안착시키려는 잘못된 시도를 중화한다는 점이다. 그에게 '기억하는 행위'란 "신을 벗고/ 시간을 움켜/ 스쳐 지나가는 적들을// 바라보는 일"(「지금이라는 섬」)로서, 사건의 순수한 핵을 거듭 끌어내기 위한 숙명적인 노력이다. "마을 한복판 몸짓 기억하고/ 정월 대보름 아래 얼기설기 내가 높은 담 돌며/ 큰 입 벌려 악귀 쫓는 고함/ 난무의 굽은 허리는 맹렬하여/ 산을 옮길 듯 포효"(「북청 사자춤」)하는 '북청 사자'가 역설적으로 시인의 삶을 함축하듯, 이와 동일한 맥락에서 그는 "음습하고 습한 바위 틈새에 몸 의지하고/ 척박 속에서도 홀로 견디며/ 길고 곧게 선 꽃대 끝자락에/ 꽃 피는 //한파 풀리면 새순"(「바위꽃」)을 피우는 것이다. 우리는 이러한 사태를 좀 더 면밀하게 살펴볼 것이다.

3

과연 시인의 기억에는 무엇이 깃들어 있을까. 무엇이 본 향으로 작용하며 그의 생활과 실존을 움켜쥐고 있는 것일 까. 그가 작품 곳곳에서 언급하는 '팔십년 오월'일까. 물론 시인은 "내 기억은 팔십년 오월에서 멈"췄다고 선언하면서, "그 이전 기억은 다 잘려 나갔지// 한남동 네거리 시위 현장에서 잡혀/ 어디로 갔는지/ 어떻게 맞았는지/ 어디에 버려졌는지// 촉수 잘려 방향 잃었고/ 시야 단절되어 집을 찾지 못하고/ 시신경 막혀 들어도 듣지 못하고/ 보아도 보지 못하는/ 이명으로 누군가 자꾸 날 부르는// 함몰된 내 두개골은/ 플라스틱으로 밀봉하고/ 아무 일도 없었던 듯// 훗날, 20세기 유인원들은/ DNA 변종 새 학설을 발표하고// '민주혁명 반향으로 구성된 새로운 인체의 변이현상'으로/ 박사학위를 받겠지// 신문에 대서특필되겠지"(「먹빛 바랜 추억」)라고 그 일련의 흐름-들을 면밀하게 직설한다.

또한 그는 "붉은 깃털 휘날리며 뿔 세워/ 적을 향해 달려가는 모습// 활화산처럼 타오르는/ 한남동 오월의 기억// 내 두개골은 함몰되어/ 주검으로 하수구에 버려지고// 전대가리는 죽었다// 내 플라스틱 두개골은 아직도/ 그날 기억하고// 나는 살아 있구나// 허연 콧김을 뿜으며 달려가던/ 동지들은 어디에 있더냐"(「들소」)라며 그날의

참상을 재현한다.

하지만 이것만으로 '오월'을 본향으로 삼기에는 한계가 있다. 사실 '오월'—혹은 '광주민중항쟁'—은 그의 전 생애를 잠식한 분명한 외부적 충격으로 그의 실존에 확고히 뿌리내리고 있지만, 그 양상은 부정 그 자체다. 이를테면 '오월'의 기억-경험은 한 세대를 말살한 전쟁과 같은 폭력으로 작용하면서 끊임없이 기억-사건을 프레임 밖으로 밀어버린다는 것이다. '오월'은 어느 순간 그를 장악했으며 그의 기억-들을 흑백의 단발(單發)로 만들었던바, "거미줄에 묶인 듯 바둥거리는/ 날파리 떼에 쫓기듯/ 의미 없는 손짓으로 허우적이며/ 점점 가둬지는 내 영역"(「비문증」)만 점층할 뿐이다. "내 몸의 기억을 살피는 그놈들은 천장 속에 웅크리고 있지 어느 구멍으로 들어왔는지 알 수 없지만 내가 일을 좀 벌이려면 그놈들은 발광을 하지 그 소리는 당나귀 흐느끼는 소리였다가 두꺼비 헐떡이는 침샘 자극하는 소리"(「고양이의 꿈」)라는 문장처럼, 시인에게 오월의 기억은 철저히 외부이며, 시인의 내면에 빗장을 채우고 기억-들을 깊은 어둠 속에 감금하고 감시하는 무지막지한 폭력이자 종국에는 그가 장악하고 이겨내며 통제해야 할 사건의 한 갈래에 불과하다.

필자가 보기에 기억을 활성화하는 것은 전적으로 '그것'의 긍정적인 영역에서 비롯된다. 사고로 자식을 먼저 보낸 부모는 아들의 죽음과 대면하여 가족으로서 다정

다감했던 시간-들을 동시에 상기하는 경향이 있다. 죽음을 이기기 위해, 그보다 더 크고 뜨겁고 높은 시간들을 소환한다는 말이다. 만일 그렇다면 우리는 죽음과 폭력으로 점철되지 않은 기억의 다른 영역을 확인해야 한다. 그 오염되지 않은 순백의 공간으로 옮겨가서, 시인이 자신의 생(生)을 긍정하고, 끊임없이 되새기면서, 평생의 화양연화를 새겨온 '과거-현재'를 찾아내고, 그것을 '미래-현재'로 되돌려야 한다. 물론 시인은 이를 실행에 옮겼다. 이를 테면,

철길 건너 쉼 없이 망치 울림 들리고
가마에서 꺼낸 붉은 쇳덩이
모루 위에서 매질당하고 있다

맞으면 비틀리고 뾰족해지고 휘어져
기역字 허리 모양으로 바뀌고
두께가 얇아질수록 더욱 단단해진다

눈물 뚝뚝 흘리며
떨어져 나가는 저 아픔

누구에게 저렇게 날 살려 벼려 봤는지
─「호미의 눈물」 전문

라며, 폭압으로 끊임없이 움츠르드는 자신의 의지와 태도를 반성한다거나 혹은

옹기 조각들이 슬피 울며
짝을 찾고 있네

전혀 뜻밖의 팔매질에
산산이 깨져 버린 원형의 모습
소생의 꿈 훑으며 이리저리 헤매고 있네
— 「옹기 Ⅱ」 부분

라며, 폭력에 맞선 자신의 일생을 '깨진 옹기'에 비유한다. 이러한 양상은 결국 "새순 얼굴 내밀어 세상 훔칠 때/ 어느샌가 날아와 얼른 한입 물고/ 쪼르륵 앞산으로 날아가는/ 거침없이 다가오는 아침"(「새」)을 열게 되는바, 시인은 향후 '오월'을 절대로 잊지 않은 채 그 기억의 효과들을 일종의 트라우마로 돌린다. 오히려 그를 쥐고 흔들었던 폭력과 죽음은 그의 변방에 불과해진 것.

그는 "물맷돌 누워 있는 길섶에 지은/ 친구의 황토집"

을 떠올리며 "아버지의 그 아버지가/ 도끼로 깎아 세운 기둥발에/ 남아 있는 증조부의 흔적// 볼 대고 비비면 들리는 숨결/ 강나루 물결 소리"(「시인의 강나루」)를 소환하거나 "새벽, 닦아 놓은 구두 광택에/ 비대칭으로 서리는 얼굴// 뒤돌아볼 용기 없어/ 몇 걸음 걸을 때까지/ 문 닫는 소리 없고/ 내 귀는 더욱 길어진다// 나는/ 길 없는 길을 간다"(「퇴직 후」)면서 퇴직 후의 소소한 일상을 애틋하게 바라본다.

이뿐만이 아니다. 그는 적극적으로 자신을 연다. "남인도 바이작이라는 도시 뒷골목/ 옥탑방 극한 폭염 쏟아지는 날/ 한글 수업// 가나다라마바사 열심히 읽고/ 이중 자음 이중 모음 외우며/ 겹받침은 나도 잘 몰라 허둥거린다// (중략) // 수업이 그물 되고/ 한글이 미끼 되는/ 웃음 사라지는 한글 교실// 무봉급으로 아이들을 가르치는 나는,/ 바이작 짙은 노을 속으로 걸어가고 있다"(「바이작 뒷골목 학교-한글 교실 3」)라며 자신이 몸담았던 남인도 바이작의 '한글 교실'을 추억한다.

이처럼 시인은 자신만의 본향을 축성하면서 '기억'을 폭력과 죽음을 넘어선 순수한 긍정의 영역으로 재정립한다. 그에게 깃든 기억의 상형은 더 이상의 어둠을 거느리지 않으며(어둠에 정확한 속성을 부여하며) 시인 자신을 돌보는 선명한 생활과 의지로서 자리매김한다. 그가 이러한 사태를 명징하면서도 중의적으로 사용한 문장을 살펴보자.

기억 밖 사물은
상상 너머에 있었네

볼 수 없어 아름다웠고
색깔 분별키 버거워
살필 틈 없는 의식 너머로
사라져 버렸네

(중략)

어디로 가는 걸까
동심 공간 휘저으며
순식간에 쉼 없이 사라지는

빨강 잠자리
—「잠자리비행기」부분

특이하게도 시인은 이 문장을 통해 어떤 '사물'은 '기억의 밖'에 위치함으로써 그 미적인 응집을 지속한다고 말한다. 우리가 계속 언급해왔던 것처럼, 여기서 바깥이란 사진에 포착되지 않은, 프레임을 벗어난 곳이다. 언젠가 어떤 연유로 그것과 경험(소통 혹은 교류)했지만, 이제는 까마득히 멀어져 그 흔적조차 가물어진 비(非)-존재적 양상(존재이긴 하지만 존재가 아닌 어떤 것, 이를테면 인간은 아니지만 인간이기도 한 '좀비')—바로 이 부분을 관통하며 시인은 이 '기억 밖의 사물'이 '상상 너머'에 있고, 그것은 "볼 수 없어 아름다웠"다고 강조하는 것.

관건은 두 가지다. 하나는, 비록 일부에 한정된 것이기는 하지만, '표상'(머릿속 이미지)으로서 실현된 '대상'이 비존재의 영역으로 넘어갈 때, 사라지는 사물은 우리의 기억에 잔여(殘餘)를 만들면서 지속한다는 것이다. 여기서 비(非)-대상은 감각의 여백을 만들어내고, 그것은 우리에게 '아름다움'이라는 감정으로 재배치된다. 적어도 이와 같은 양상으로써 말이다—"아무 일도 하지 않는 것이/ 나를 가득 채우는 일// 비어 있을수록/ 단단해지고// 밖이 단단해질수록/ 내 안의 내가 부서지는// 꽃은/ 그 안에서 피고 있었습니다"(「내 안에서 피어나는-인도 7」).

또 다른 하나는 기억의 지속이다. 이러한 감정은 상당히 은밀하게 지속되면서 그 끈질긴 속성을 거듭 상기한다. 이로써 〈볼 수 없으므로 아름답다〉는 이율배반은 미학으로 당당히 고양되고, 기억의 핵 혹은 원형으로 남게 된다. 존재가 현존의 탈(혹은 강박)을 벗어난 후 고양된 '비존재-적-현존'일수록 미적인 토양은 더욱 공고해진다. 왜냐하면, 그 사태는 하나의 이름을 갖게 되기 때문이다:

"어디로 가는 걸까/ 동심 공간 휘저으며/ 순식간에 쉼 없이 사라지는// 빨강 잠자리".

비록 "갇혀 있을 때는 잉여 같은 존재로/ 무시되고 소외된 잊힌 기억"(「송곳」)일 때도 있겠지만, 언제든지 '빨강 잠자리'로 고양될 수 있다는 점에서 그것은 '슴베'(칼에서 손잡이와 날을 결합하는)와 같지 않을까. "한때 경계를 뚫을 그날 꿈꾸며/ 쌓여 있는 낱낱의 어지러운 세상을/ 가장 잔인한 미소로 날 세워/ 푸른 힘줄 선명하게/ 자지러지는 순간"을 꿈꾼다는 것(「송곳」). 물론 기억 밖의 '비존재'가 의식의 영역으로 재진입해 이름을 부여받는 일은 쉽지 않다. '빨강 잠자리'는 나타나지만 연기처럼 사라져버린다. "세월은 인간을 먹고/ 인간은 시간을 송두리째 삼켜/ 저렇게 푸른 하늘에 널어 놓"(「아내의 초등학교」)는 것처럼. 그럼에도 시인은 이러한 일을 본질적 숙명으로 여기며 여전히 '시간의 문' 앞에 선다.

동굴 속에서 맞이하는 하루 시작은
걸어온 시간과 앞으로 나아가야 할 시간의 문이다
주름 자욱한 땅의 몸짓은
잃어버린 젊은 날의 펄럭이던 깃발
그리고 핏빛 물든 도로 위의 기억 한 조각
  —「기억이 되살아나는, 아침」 부분

지금까지 살펴본 것처럼 시인의 문장은 기억의 현상학으로 일컬을 만큼 집요하게 그 안과 밖에 집중하고 있다. "걸어온 시간과 앞으로 나아가야 할 시간의 문"으로 기억을 다루면서도 "동굴 속에서 맞이하는 하루"라는 특수한 시점을 통해 자신만의 영역(사물의 핵)을 들춰낸다는 것. 기억의 밖에서 불현듯 밀려오는 사건의 이미지들은 시대가 구축한 이름의 성채—광주민중항쟁—로 편입되면서 시인의 의식 구조에 역사적 사건으로 각인된다.

　따라서 그에게 기억의 '밖'은 '기억-속-으로' 재편된다. 왜냐하면, 그 비존재적 양상들은 언제든지 (조건만 갖춰진다면) 의식으로 침투하고 시인의 감각-들을 흔들면서 엄밀한 의미에서 '진리'로 새겨지기 때문이다. 기억은 끊임없이 그를 돌려세우고, 기준과 분별을 갖도록 하며, 시인이 표상하는 대상의 존재-함을 사건으로 바로 세운다.

　적어도 그 기억은 "주름 자욱한 땅의 몸짓은/ 잃어버린 젊은 날의 펄럭이던 깃발"이며 "핏빛 물든 도로 위"에 낭자한 무수한 죽음의 파편이지만, 결코 잊어버려서는 안 될 역사의 사건이다. 이쯤에서 시인은 "인생을 맨발로 걸으면/ 고도를 만날 수 있으리라는// (중략) // 절망이 희망이 되는/ 고도를 기다리는/ 내 안의 나"(「고도를 기다리며」)를 다시 만나게 된다. "내 안에 서걱이던 우울과 이별하고/ 매일 익어 가려는 자신 위로하며/ 휘갈겨 쓴 이름 지우고/ 다시 정성껏"(「육십 즈음에」) 쓰는 실천을 통해 그 사태를 완성한다.

4

　그런데 시인은 이러한 "내 안의 나"를 어떤 언어로 건져 올리고 있을까. 그의 내면 풍경을 읽어보면 그 실마리를 찾을 수 있겠다. 우선 그 풍경은 홀로 버려진, 고독과 쓸쓸함의 '오두막'으로 표상된다. 그는 그곳을 "도심 가운데 제일 높은 집/ 가파른 계단 회어진/ 별 가장 가까운 집"으로 술회하고 있으며, "구멍가게와 벽 맞닿고/ 마른미역 줄기 매단/ 햇살 머금은// 오래도록 희미한 불 밝히는/ 문 창호지에 구멍 숭숭 뚫려/ 골목길 비치는 느린 빛// 야금야금 처마에 붙어/ 낡은 타이어 눈 뜬/ 낮은 처마 집"으로, 또한 "남편 기다리다 잠든/ 늙은 시인의 집"으로 묘사한다(「시인의 오두막」). 영락없이 "어디에도 없는 얼굴"을 한, "찾을 수도 없는 그리움"(「부엉이 방구통」)이다. 게다가 이 '오두막'은 그가 밝혔던 본향과 정확히 대칭된다는 점에서, 다시 말해 "내일이 오늘 같고/ 오늘이 내일 같다// 귀 둔해지고/ 눈 밝아진다// 육신을 태우고도 살아난다는/ 숨을 곳 없는// 시간은 멈추고/ 굽

은 마음의 평온이여// 버림당하고도 향 피우고/ 어둠 거
둬 가는// 내 영혼의 안식처/ 인도"(「생각 거둬가는-인도
1」)와 같다는 점에서 시집 전체의 궤도를 설계한다.

구름이 고향 산마루에 이르면
행여 뒤돌아볼까

길옆에 핀
한 송이 소국 바라볼 수 있을까

멀리 돌아가는 무딘 발걸음에
숨 묻어나고

같이 걷는 타박 길에
눈물 고여

지름길은 다른 길로 이어지는
종착점 없는 유혹의 통로

가장 먼 길
다시 돌아올 수 없는 막다른 길

구름도 쉬어 가는 내 고향 안개 길
―「지름길」 전문

저기, 하늘 닿은 까마득한 곳에서 구름이 흘러간다. 사소하고도 무심한 채로 먼 곳을 바라보거나 특이한 모습으로 멈춰 지나온 길을 돌아본다. 태양이 대기를 감싸는 순간에는 오색으로 빛나며 무지개를 뿜어내기도 한다. 가야 할 방향과 목적지가 없으므로 구름은 가볍고 덧없다. 바람에 온몸을 맡긴 채로, 그 '바람'의 풍속(風俗)에 일생을 실은 채로 구름은 자신의 삶에 충실한 것이다.

구름이 흘러간다. 바람을 동력으로 하여 지구 어디로든 갈 수 있는 구름은, 우연히 '고향 산마루'에 이른다. 하지만 인간들처럼 그 여정을 뒤돌아보지 않으며 다만 추억할 뿐이다. 고향에서 구름은 "김엾에 핀/ 한 송이 소국 바라"보거나 "멀리 돌아가는 무딘 발걸음에/ 숨"을 쏟아내기도 한다. 구름은 감정을 최대한 억제한 채로 고향을 관통한다. 그러나, 이를 지켜보는 시인의 눈망울에는 눈물이 고이기 시작한다. 그는 내심 좀 더 머무르며 고향의 모든 기억을 이끌고 싶었지만 기대만큼 허락되지 않았다. 시인은 그것이 소진된 자신을 돌보는 최적의 방편이자 '지름길'임 정확히 알고 있다. 그럼에도 구름은 "가장 먼 길/ 다시 돌아올 수 없는 막다른 길"로 에두르는 것이다.

시인이 마지막 행에서 적절히 제시하듯, 어쩌면 '본향'이란 "구름도 쉬어 가는 내 고향 안개 길"이 아닐까. 이미지로 각인된 '기억'처럼, 그것은 상시적이고 영구하지만

다가설수록 모호해지며 결코 자신의 온전한 실체를 드러내지 않는 '안개 길' 같은. 확실히 우리가 '본향'을 까마득히 먼, 일종의 '유토피아'로 상정하는 이유가 여기에 있다. 당연하지만 본향의 구체적인 지명과 장소가 밝혀진다면 그것은 더 이상 열망의 성소(聖所)로서의 가치를 잃어버린다. 유토피아는 끊임없이 숨겨져야 하는, 우리의 유일무이한 헤테로토피아이기 때문이다.

물론 이 작품에서의 안개는 특별한 의미를 가진다. 시인이 「안개 너머 안개」에서도 다루고 있듯이 안개란 모든 숙명을 '제로'로 만드는 절대화된 '미학'이다. "모든 숫자에 0을 곱셈하면/ 안개가 된다"는 문장처럼, "억만 단위라도/ 아주 미세한 소리라도// 그리움 혹은 노여움/ 친구가 떠나거나/ 우울과 고통으로 몸부림칠 때"라도 안개는 이를 받아들이고, 추동할 힘의 바탕이 된다. 요컨대, "그림 그리다가/ 가운데 꽃 그리다가/ 꽃향기 넣으려다"(「목마른 이유」) 문득 솟구치는 '목마름'처럼, 구체적인 단서나 이름, 사건들과 단절되었을 때만이 좀 더 순수한 목마름에 닿을 수 있다.

할배는 이른 아침 아궁이 재 퍼담아
잿간 한 켠에 던져 놓고
지게에 쌀겨 싣고

잿간 뒷켠에 쌓아 둡니다

할멈은 부춧돌을 닦습니다
시아버지가 뒷 개울에서 주워 온 돌은
크기 색깔 넓이도
쌍둥이처럼 닮았습니다

그 위에 발끝 맞춰 앉아
하늘 쳐다봅니다
앞산 개울 물소리 요란하고
소쩍새 소리 멀어집니다

할멈은 어린 손자 엉덩이
호박잎으로 쓰윽 문지릅니다

따끔거린다고 칭얼대는 손주
할멈은 한 삽 푹 퍼서 뒤켠에 던져 놓고
재로 덮습니다

감자꽃 피기 전에
수레에 담아 밭으로 옮기고

밭은 꽃 피고
나, 할멈 가슴으로 봄을 키워 냅니다
—「잿간」 전문

기억의 '제로-디그리'는, 기억을 함축한 언어의 가질 수 있는 가장 순수한 상태이자 본향이라 해도 과언은 아니다. 그 언어는 시공을 초월하며 수많은 원형-이미지를 정초한다. 비록 그것이 구체적이고 상세하며 엄밀하게 제시될 수 없는 모호함 그 자체이지만, 시인은 그가 작시(作詩)한 거의 모든 작품에는 이 언어의 원시(原始)가 작용하고 있다는 사실만큼은 본능적으로 느끼고 있다. "여울에 손 담그면/ 당신으로 간질거립니다// 여울에 마음 담그면/ 온몸 그리움 일렁입니다// 유년의 흔적 밀려오고/ 할미 목소리 들려옵니다"(「아우라지 할미꽃」)라는 문장처럼, 그것은 발아하여 시인의 감각과 사유 전체에 영향을 미치는 것이다.

인용한 시는 김홍주 시인이 경험했던 유년의 단편이다. 오랜만에 시골집에 다녀갔다가 변하지 않은 집터를 보고서는, 특히 유년의 기억이 함축된 잿간이 남아 있는 것을 보고서는 갑작스럽게 기억 속으로 빠져든다. 기억에는 할배와 할멈이 여전히 살아 시인을 돌보고 있으며, 잿간의 그 충만한 온기와 냄새들도 여전하여 시인의 감정을 뜨겁게 퍼 올리는 것이다.

이른 아침, 할배는 아궁이 재를 퍼담아 잿간 한 켠에 던져 놓는다. 그러고는 지게에 쌀겨를 싣고서는 잿간 뒷켠에 쌓아 둔다. 할배가 잠시 허리를 펴고 앞산을 바라보는 사이, 할멈은 부춧돌을 닦는다. 옛날 시아버지가 뒷 개울에서 주워 와서 그런지 크기와 색, 넓이도 쌍둥이처럼 서로 닮아있다. 할멈은 돌 위에 발끝을 맞추고는 웅크려 앉아 하늘을 쳐다본다. 역시 앞산에서 들려오는 개울 소리는 요란하고, 가까웠던 소쩍새 소리는 빠르게 멀어진다. 할멈은 할배의 등이 좀 더 굽었다고 생각하는데, 마침 어린 손자가 훌쩍이면서 할멈한테 온다. 가만 보니 손자는 시원하게 아침 일을 본 것이다. 할멈은 호박잎을 따서 손자의 엉덩이를 문지른다. 이파리가 지나갈 때마다 따끔거린다고 칭얼대는 손주─할멈은 푹 삭은 된장처럼 깊고 고요한 냄새를 맡는다. 그 냄새를 한 삽 푹 퍼서 뒤켠에 던져 놓고서는 할배가 쌓아둔 재로 마무리한다. 쌓이고 쌓이는 재는 감자꽃 피기 전에 거름으로 숙성될 것이다. 아마 할배는 늘 그래왔던 것처럼 수레에 담아 밭으로 옮기고 예쁘게 자라길 기도할 것이다.

*

  잿간을 둘러싼 이미지들은 그것이 언제든지 소환될 수 있으므로 다름 아닌 미래시제로서의 충분한 가치를 가진다. 시인이 "밭은 꽃 피고/ 나, 할멈 가슴으로 봄을 키워 냅니다"라고 고백하는 것은 이러한 이유인바, 때문에 우리는 시의 본향이란 그것이 화석처럼 단단히 응결된 채 원형 그대로를 보존된 박제가 아니라고 단언할 수 있는 것이다. 얼마든지 흩어지고 대칭되거나 변형될 수 있는, 그야말로 천의 얼굴이 본향이다. '오월'에 점철된 폭력과 죽음이 단 하나의 얼굴-기억만 허락했다면, 이를 극복한 시인에게 찾아온 것은 수많은 사람이 다정다감하게 호흡하는 표정-들이다. 끝

달아실에서 펴낸 김홍주의 시집

『내 마음의 빗질』(2021)

달아실 기획시집 37

세쌍둥이 엄마의 겨울일기

1판 1쇄 발행	2024년 11월 22일
지은이	김홍주
발행인	윤미소
발행처	(주)달아실출판사
책임편집	박제영
디자인	선부나
법률자문	김용진, 이종진
기획위원	박정대, 이홍섭, 전윤호
편집위원	김선순, 이나래
주소	강원도 춘천시 춘천로 257, 2층
전화	033-241-7661
팩스	033-241-7662
이메일	dalasilmoongo@naver.com
출판등록	2016년 12월 30일 제494호

ⓒ 김홍주, 2024
ISBN 979-11-7207-037-3 03810

이 책의 일부 또는 전부를 재사용하려면 반드시 저작권자와 (주)달아실출판사
양측의 동의를 얻어야 합니다.

• 잘못된 책은 구입한 곳에서 바꿔드립니다.
• 책값은 뒤표지에 표시되어 있습니다.
• 이 책은 강원특별자치도, 강원문화재단의 후원으로 제작되었습니다.